白鳥句集

松下カロ

深夜叢書社

白鳥句集——目次

カバー繪＋本文カット
恩地孝四郎
『飛行官能』（1934年）より
裝丁
髙林昭太

Mへ

白鳥句集

松下カロ

I

婚禮

白鳥にさはらむとして覺めにけり

海といふガーゼ一枚白鳥來る

白鳥がうつかり零す貝ボタン

婚禮の翌朝すでに白鳥去り
泣きながら白鳥打てば雪がふる
白鳥の消失點にあかんばう

少年と白鳥水の底で遇ふ

やがて滅ぶ　鳩　人　きりん　大白鳥

刀疵あり白鳥の奥ふかく

百羽ゐて一羽のやうな雨の鳥

白鳥に少年の腕阿修羅像

一羽より二羽の白鳥淋しけれ

牛乳を匙で掬へば白鳥生れ

白鳥と少女の微熱方舟に

そばがらの枕白鳥呼びかはし

白兎白馬白鳥白拍子

後朝はただ白鳥のかたちして

白鳥の骸の傍に白鳥眠り

Ⅱ　ウクライナ

男死に白鳥となる嘘を愛す
白鳥を憎む白鳥ウクライナ
髪を刈られて白鳥となる女

青年が征き白鳥が哭く童話

白鳥去りユーロ数枚落ちてをり

父母へ白鳥の羽散亂す

微笑んで白鳥もまた自爆する
バスタブに沈む白鳥抱きしまま
妹と白鳥の頸奪ひあひ

白鳥の訃報みるみる擴散し

行先を知らぬ白鳥エノラ・ゲイ

白鳥も薄暮に尖る乳房持ち

僧と兵佇つ白鳥の兩脇に
白鳥のたましひ濡らすオキシフル
散りぢりに死海文書も白鳥も

鳥籠の鳥より吹雪きはじめしか

人柱傾く方へ鳥帰る

紅さしてやる息絶えし白鳥へ

Ⅲ 黑髪

白鳥に黒髪なびく祝祭日

ハイヒール脱いで白鳥仰ぎけり

散骨のこと白鳥の豫後のこと

白鳥を追い越してゆく鳩時計

眞珠　爪　白鳥の羽　形見分け

繃帯がほどけ白鳥ゐなくなる

白鳥のほんたうの色問はれけり

シスターが白鳥を呼ぶ幾たびも

白鳥や打ち解けてなほ無口なる

半身は雨中の岬鳥の戀

身ごもりし白鳥はギリシアの壺

一心に紙が漉かれて鳥歸る

白鳥の卵を隠す帽子箱

會釋して獅子と白鳥別れけり

白鳥が引く一行の鏡文字

晩年の畫布白鳥が塗りつぶし

オートバイ去る白鳥の去るごとく

白鳥や逢はねば今も黒髪のまま

Ⅳ　ヴィナス

白鳥へあまたの匙の曲りけり

若者の甲状腺に白鳥棲み

夜が來る猫と白鳥掻き消えて

ひるあひる白鳥あひる白鳥あ
白鳥の方位狂はすストーンヘンジ
爆風が粉雪とせり鳥たちを

爐心より白鳥ほどの煙立ち

頸だけの白鳥頸のないヴィナス

白鳥となるまで潜る橋いくつ

粟と罠白鳥を捕らへるための
コップからつぽ　白鳥千羽飼ひたしよ
白鳥の肺も汚れてゐたるらむ

白鳥の姿も見えず身體圖

ガリバーは巨人で小人島渡る

貧血の子等白鳥の舟に乗せ

鳥帰る水のなかにも風吹いて

モナリザの肌は白鳥髪は蛇

白鳥や反古と定めし反古を焼く

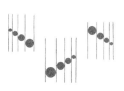

V
魚

アパートの外階段を鳥渡る

白鳥が見てゐる赤いベレー帽

ランボーは夕べ白鳥は朝撃たれ

産衣干し白鳥とゆく遠江《とほたふみ》

鳥帰る空に無数のかすり傷

帷子や白鳥のこと聞き返し

白鳥は餓ゑ青年はひきこもり

白鳥はうごく歩道に乘つて來る

白鳥は目のない魚被曝あと

白鳥は假祝言をあげたきり
白鳥はサナトリウムの擦りガラス
白鳥は白鳥であること知らず

悪童と白鳥ひとつ雲眺め
ただ一羽残る白鳥チャップリン
石膏の白鳥像の仄暗し

死者よりも白鳥を戀ふ寢臺車

コンセントぬかれ白鳥萎みけり

白鳥は冥王星を見たるらし

Ⅵ　すきとほる

白鳥と一角獣を縫ひ合はせ

すきとほるハッカドロップ白鳥生れ

白鳥の寝所へ呼ばれたる鯨

ばら色の鴉白鳥陽が落ちる
ドードーはゆりかご白鳥は柩
千羽まで殖えて白鳥減り始め

すきとほるべし白髪も白鳥も

實朝と白鳥佇つや夢の橋

ロッカーに鍵白鳥を閉ぢ込めて

白鳥の雌雄は姉が知つてゐる

青海波天草四郎小白鳥

白鳥のゆまる水より草生ふる

眼帯の內か白鳥爭ふは

雛孵る月の軌道のちよつと外れ

白鳥へ石鹼渡す女學生

作法通りに白鳥は喉を突き
白鳥のむくろ忽ちすきとほり
紙に皺よる白鳥のデスマスク

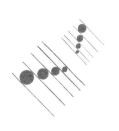

Ⅶ　玩具店

白鳥や百年先もここは潟か

シーラカンスも白鳥も人見知り

紐垂れし白鳥を賣る玩具店

少年は白鳥に瞳を描かざる
水差しのやうにかたむく鳥の戀
白鳥はふるへてゐたと少女云ひ

ほほづゑが作る三角鳥渡る

鳥雲へシーツよぢれてありにけり

白鳥の腋むらさきの身八つ口

針折れるたび白鳥が梁に降り

白鳥が見下ろす母のぼんのくぼ

編むときは指先で追ふ渡り鳥

白鳥と分かつ小さな箱枕

鳥帰る受胎告知のたそがれを

抱卵の空へおほきな穴をあけ

白鳥をときどき想ふ雪男

瞑る白鳥オペラグラスを着けたまま

産褥の白鳥まなこ見開きて

Ⅷ 國境

白鳥の耳の在處や國境

ダ・ヴィンチの白鳥岩をすり抜ける

硝子戸へ映る白鳥梳り

白鳥に歸心落丁とどまらず

入れ替はるオオハクテウとアルルカン

亂心の白鳥にして人の妻

睫毛あり古い塗り繪の白鳥に
ひとへまぶたで白鳥が見る國旗
抑止力白鳥の頸折るほどの

日蝕の白鳥薄き墨を磨り

シベリアに番ふ白鳥砂糖菓子

白鳥も我も白晝眉を引き

ジオラマの川を白鳥溯る

白鳥去る餘命伴侶と過ごすべく

ゴブランの裏に白鳥潜みけり

致命傷受けし白鳥しづかなる
白鳥が人を憐れむ國境
ふりむいてをり白鳥も老人も

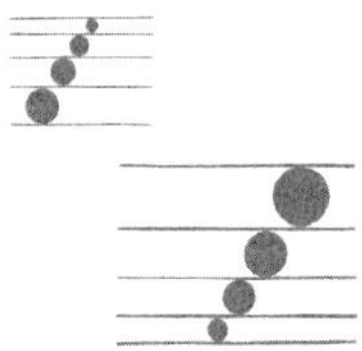

Ⅸ 匂ふ

白鳥は新刊本の匂ひする

セーラー服も白鳥も汚れけり

日曜日白鳥にある膝小僧

音のない雨コンビニへ白鳥へ

鳥帰る藁と帝國燃えやすし

白鳥や見たことのない本籍地

白鳥の心臓を雲よぎりたる
あひみてののち白鳥のなきぼくろ
佛舎利へ白鳥刻むアジアかな

野が匂ふ素足少女も白鳥も

リノリウム冷えびえと來る繁殖期

白鳥と人の間に電線搖れ

母方や　どの白鳥もすすり泣き
出奔の白鳥と遇ふ交叉點
白鳥がつけし齒痕を指でなぞる

つぎつぎに白鳥發たす朝の疊

白鳥や乳液盡きて瓶匂ふ

夜の廊下白鳥は今海を越え

X 追伸

白鳥は眞直ぐパンの耳へ來る

追伸に轉職と白鳥のこと

パン裂けば俯く使徒も白鳥も

あにいもうと白鳥のまへうしろ

白鳥のモノクロ寫眞赤子抱き

渡り來て弟を連れ去りし鳥よ

白鳥に父のトランクことづける

オンディーヌ振り向きざまの白鳥は

いつまでも白鳥仰ぐチェロ奏者

卒然と往復葉書白鳥より
旅に出る白鳥にそそのかされて
白鳥やこの世の隅に住所録

正装のまま白鳥を見に走り

少女婚白鳥はみにくいあひる

寝入るまで白鳥の頸握りしめ

白鳥羽ばたき床屋の椅子たふれ

エレベーターガール手袋白鳥めき

終電に眠る白鳥追ひ疲れ

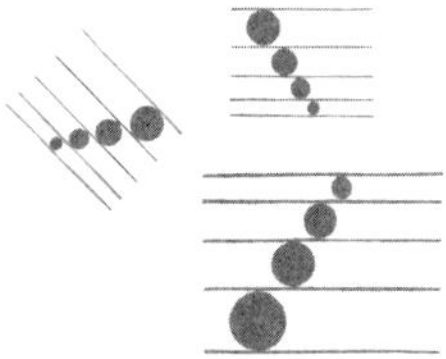

Ⅺ　プラネタリウム

白鳥の翼のなかの明日かな

No nuclear weapons 白鳥の羽抜けゆくよ

公園に白鳥と火を吐く男

白鳥にある天窓と開かずの間

プラネタリウム白鳥と肩寄せて

青髭を白鳥毫も懼れざる

白鳥の雪の足あと母がりへ

すばるまで鳥と血縁遠ざかり

父の聲大白鳥がふと漏らし

生き延びてけふ死ぬ雛へ銀の雨

樂園は悲し白鳥地を歩む

メモ帖のあちらこちらを小白鳥

月までの道白鳥に教へられ

鳥引くやジャズ流るるや次の世も

一途とは放心のこと鳥帰る

白鳥死ぬ日の金色の水溜り

てのひらだけを白鳥が連れてゆく

臨終の白鳥何も言ひおかず

本集の作品は、二〇一三年から一五年『ジャム・セッション』（江里昭彦発行）『現代俳句』に発表しました二十数句に加え、百数十句を書き下ろしたものです。

作者

あとがき

いつの頃からか、身ほとりを白鳥が飛びまわるようになりました。ふと目を覚ますと、白鳥が一羽、私の胸に頸をもたせかけて眠っていたことも、無数の白鳥が天井を飛びかっていたこともありました。街を歩く時、人を待つ時、白鳥は音もなく傍らに降り、何か囁きます。それを書き止めておきたい。私は白鳥と手を携え、未見の言葉を捜すことに熱中しました。やがて紙数が埋まり、一冊の本となりました。

上梓にあたり、憧れてまいりました坪内稔典さんより帯文をお贈りいただきました。白鳥もどんなに喜んでいることでしょう。装幀の高林昭太さん、校正の尾澤孝さん、そして深夜叢書社の齋藤愼爾さん、お力添えをありがとうございました。

ただ、本の頁に溶け入ってしまったように、いま、白鳥の姿はどこにもありません。それが淋しく……。

二〇一六年　五月

松下カロ

松下カロ　まつした・かろ

一九五四年九月生まれ、東京都出身。早稲田大学文学部卒業（ロシア美術専攻）。「象を見にゆく　言語としての津沢マサ子論」にて第三十二回現代俳句評論賞。評論集に『女神たち　神馬たち　少女たち』（深夜叢書社）がある。現代俳句協会会員。

白鳥句集

二〇一六年七月二十七日　初版発行

著　者　松下カロ

発行者　齋藤愼爾
発行所　深夜叢書社
郵便番号一三四―〇〇八七
東京都江戸川区清新町一―一―三四―六〇一
info@shinyasosho.com
印刷・製本　株式会社東京印書館

ISBN978-4-88032-431-9 C0092